VOYAGE

DANS

L'ILE SAINT-LOUIS.

VOYAGE

DANS

L'ILE SAINT-LOUIS.

PAR UN HABITANT DE VERSAILLES.

Sitôt qu'il fut hors de sa case,
Que le monde, dit-il, est grand et spacieux !
LA FONTAINE, *Liv.* VIII, *Fab.* 9.

A PARIS,

DE L'IMPRIMERIE DE CELLOT.

1809.

VOYAGE
DANS L'ILE SAINT-LOUIS.

CHAPITRE PREMIER.

Exposition.

J'avois à peine dix-huit ans, et déjà je connois-
sois tous mes auteurs latins ; je recevois de mon
précepteur , M. Lelong , cette science dernière
qui sert à lier le grand œuvre de notre éducation ; j'étois en philosophie. Nous lisions souvent ensemble l'histoire des peuples , et les ré-
volutions des empires ; et pleins de mépris
pour la réputation , cet imposant fantôme ,
nous osions , en en dépouillant les hommes
fameux qu'elle environne , nous rendre juges
de leurs actions et de leurs pensées. Notre har-
diesse , je le conçois , étoit grande ; mais est-il
un pédant de collége , suivi de son écolier ,
qui n'ait souvent osé monter lui-même sur le
tribunal où Brutus condamna ses enfans , et
reprocher fièrement à *Annibal* son impéritie

A 2

pour n'avoir point su profiter de sa victoire ?

Les voyages surtout étoient nos lectures fa-
vorites ; paisibles à l'ombre des bois alors ,
nous partagions les dangers de l'homme curieux , nous gravissions avec lui le sommet
escarpé des montagnes, avec lui nous sondions
la profondeur des précipices.

Les Turcs croient à la prédestination , je
suis chrétien , donc les Turcs ont tort ; cependant , je suis presque forcé de penser que les
évènemens de la vie se trouvent tracés par nos
penchans , à l'instant où nous naissons ; ces
penchans , l'éducation même les développe et
leur donne, sur le cours entier de l'existence,
l'empire que notre foiblesse leur assure. Ainsi,
des lectures qui ne devoient servir qu'à l'orne-
ment de mon esprit , ont décidé en moi cet
ardeur pour les voyages , qui, loin de pouvoir
être modérée, ne me laisse de désir que pour
l'instant heureux où , ne me souvenant plus de
mes dangers passés , de nouveau je pourrai
quitter le port.

~~~~~~~~~~~~~~~~~~~~~~~~~~~

CHAPITRE II.

Projets de voyages.

Je n'ose assurer, avec M. Lelong, que les
anciens aient eu beaucoup plus d'esprit que
nous, et qu'auprès deux, nous ne soyons que
des bêtes. Je sens cependant que, pour louer
dignement l'occasion, ce vieil artisan de vertus
et de crimes, de fortune et d'honneur, cette occasion enfin qui vint à mon aide pour me faire
entreprendre mon grand voyage, je suis obligé
d'avoir recours à leur catéchisme fabuleux.
Ils l'ont déifiée, ils en ont fait une femme
jeune et jolie, entraînée par la jeunesse et les
plaisirs ; ses amans l'attendent au passage,
heureux qui la peut arrêter ! mais qu'il se
garde bien, cet amant fortuné, d'une confiance
aveugle ; s'il détourne un instant les yeux,
elle lui échappe, un autre la saisit. Cette
peinture ancienne ne traceroit-elle pas des
mœurs modernes ?....

J'avois souvent entendu parler d'une tante,
sœur de mon grand-père défunt, fixée à Paris,
dans un quartier appelé île Saint-Louis, et
dont j'étois l'unique héritier. La distance des
lieux, la difficulté des voyages avoient, depuis

de longues années, empêché mon père de la visiter ; cependant il l'aimoit sincèrement, et la rappeloit souvent dans ses entretiens. La petite ville qu'elle habitoit, paroissant sortir et s'élever du milieu des eaux, étoit un petit Versailles pour la propreté.

On disoit de cette île des choses merveilleuses ; je conçus le projet d'y voyager. Nous étions à la fin de décembre ; chaque année j'écrivois à ma tante pour lui envoyer mon compliment ; la circonstance me parut favorable pour obtenir la permission de le porter moi-même. Mon père s'y opposa d'abord vivement : sa fortune, me disoit-il, ne lui permettoit pas de faire d'aussi grands sacrifices ; mais son véritable motif, que son cœur paternel ne pouvoit déguiser, étoit le chagrin de se séparer de son fils unique, de son fils qui, à dix-huit ans, lui donnoit déjà de si grandes espérances ; cependant sept ou huit jours d'instances, soutenues des raisonnemens bien sages de mon précepteur, obtinrent enfin ce consentement tant désiré.

CHAPITRE III.

Départ. Aventure de Marguerite.

Le jour du départ est donc fixé ! O momens tardifs ! instans trop lents à mon impatience ! chaque heure, chaque minute qui vous précéda, fut un siècle d'attente ! J'éprouvois un saisissement, un embarras !... je n'étois plus le même ; mon esprit, déjà voyageant sur la route de Paris, ne pouvoit supporter d'autre pensée, et se plaisoit à chercher des excuses à ma folie : « Le voyage, me disois-je, est l'école » de la jeunesse, elle y forme son jugement et » sa raison, le tableau changeant des erreurs » et des ridicules, lui donne de bonne heure la » connoissance du cœur humain ».

Aidé de ces réflexions, mon désir me paroissoit bien louable ; je m'enorgueillissois des heureuses dispositions que la nature avoit placées en moi ; semblable aux héros de l'antiquité, dont l'histoire m'étoit familière, j'appelois à mon secours la philosophie ; je sentois combien il me seroit pénible de me séparer de mon père, mais j'en devois être récompensé par les connoissances que je devois acquérir dans mes voyages, me promettant bien de voir avec l'œil de l'observateur, les mœurs et les coutumes des peuples que nous allions visiter, et de trouver dans mes observations, une conduite sûre pour le reste de ma vie.

Il arriva ce jour tant souhaité ; levé avant le soleil, je vis naître ses premiers rayons : quelle joie ils portèrent dans mon cœur ! jamais ils ne m'avoient paru si radieux. Nous touchons enfin à l'instant du départ. Qu'on me permette ici une petite digression : chaque homme a ses foiblesses, et se plaît à s'entourer des souvenirs de son enfance. Il me semble voir encore le sac de nuit de mon précepteur, je m'en représente la tapisserie aux larges fleurs, et la doublure de peau blanche !.... Il falloit que nos hardes fussent ployées de manière à n'être point froissées : je me reposai de ce soin sur M. Lelong, qui, guidé par l'expérience, n'oublia pas ses bas de soie blancs et sa culotte de petit velours; une serviette rangée dans un coin du sac, enveloppoit sa robe de chambre, ses pantoufles et son plat à barbe; dans l'autre, sa coiffe de nuit blanche et son ruban rose étoient roulés dans ses boîtes de cartons : que d'embarras à la veille d'un voyage ! Pour moi, qui n'étois encore qu'écolier, je ne me serois pas permis autant de luxe et de recherche dans mes apprêts ; deux chemises , un mouchoir , une cravate , mis par-dessus les attirails de mon précepteur , composoient toute ma garde-robe , ayant d'ailleurs sur moi mon habit et mon chapeau des dimanches.

Mon père avoit ordonné qu'on servît le dîner de bonne heure. A quatre heures , il ne me restoit plus qu'à aller prendre congé de ma tante Ra.... Cette bonne tante ne put retenir ses larmes en me donnant le baiser d'adieu. Que ne m'est-il permis de faire le panégyrique de sa vertu! Mais, hélas! pourquoi toutes ses bonnes qualités sont-elles ternies par le plus grand des défauts ? il lui faut six semaines pour faire un boston ; sans égard pour ses partenaires , à chaque tour elle s'endort, et la grande misère souvent reste interrompue ; mais ne peut-on pardonner quelque chose à son âge ! elle entre dans son quatre-vingt troisième printemps. Qui peut ici-bas se flatter d'être parfait !

Telles étoient les idées philosophiques qui m'occupoient, lorsque je retournai au logis où la voiture nous attendoit. Mon père , en m'embrassant, me donna quelques avis que ma

bonne Marguerite me recommanda, en pleurant, de bien écouter.

O Marguerite , mettrai-je sous les yeux
de mes profanes lecteurs les détails de cette
aventure dont le souvenir fait encore rougir
ma pudeur. Oui, je le dois, quelques esprits
malins et aussi méchans que ton âne, pour-
ront, aidés de leur imagination licencieuse ,
rire de ta catastrophe; mais avec moi, le plus
grand nombre te consolera et te dira : Marguerite, Marguerite, ton cœur n'est pas coupable, et le ciel même a vu *ton innocence !*

Marguerite donc voulut faire la conduite.
Elle bride, elle bâte sa monture fidèle; assise
sur le dos de l'animal, les pieds dans un panier,
elle suit la portière d'où je recevois ses der-
niers avis; nous arrivons enfin au lieu cruel
de la séparation, elle se penche pour me serrer
la main une dernière fois; ô souvenir épouvantable ! le fond du panier, déjà vieux, se
brise et livre passage aux cuisses rebondies
de Marguerite : ses pieds touchent la terre;
mais par un sort malencontreux, les brins
d'osier brisés retiennent les pudiques voiles de
son honnêteté. L'âne , personnage de sa nature
très-pacifique , étonné de sentir si près des
siens les pieds de sa conductrice, s'effraie,

prend le trot et oblige, dans cette indécente situation , l'infortunée Marguerite à troter avec lui. Mon œil inquiet la suivoit dans la plaine, quand M. Lelong, pour m'épargner sans doute la vue d'un malheur , m'ordonna de détourner les yeux , et bientôt notre cocher nous avertit que Marguerite étoit hors de danger.

CHAPITRE IV.

Les Ecrevisses.

ENFIN, ce n'est donc point un songe, c'est bien moi qu'un cheval fougueux entraîne de Versailles, de Versailles mon pays natal ! c'est bien moi qu'une folle ardeur de courir arrache, à la fleur de mon âge, des bras de mes chers parens. Jeune insensé, tu cours à ta ruine, tu te précipites toi-même au milieu des piéges qu'on va tendre à ta vertu ! Sais-tu bien dans quel pays tu vas arriver ? en connois-tu les habitans ? car tu ne dois pas ignorer que l'île Saint-Louis est dans Paris ; hé ! Paris !... Souviens-toi de ce petit tableau, dans le cabinet de ton père, où Rousseau, le grand Rousseau, en petite figure enluminée, seul au milieu de la campagne, se retournoit vers Paris qu'il fuyoit à grands pas, en vomissant contre lui mille imprécations ! O ma tante, que je reconnois maintenant la vérité de ce proverbe : Si jeunesse savoit... si vieillesse pouvoit !... Ici je sentis les larmes inonder mon visage, je leur donnai un libre cours ; et pleurant, je m'endormis.

Depuis long-temps, sans doute, je m'abandonnois à la douce illusion du songe qui me ramenoit dans ma famille, quand mon sommeil fut brusquement interrompu par le bruit que faisoient plusieurs hommes autour de notre chaise. Puisque je me suis promis de faire un fidèle récit de mes aventures, je dois avouer mes foiblesses avec franchise : puissent-elles servir de leçon aux jeunes gens de famille qu'entraîne la passion des voyages ! Je dormois donc assez profondément, quand des voix aiguës me vinrent tirer de mon assoupissement: Arrête, cocher, arrête là, furent les premiers mots que je pus distinguer. Aussitôt une troupe d'hommes armés et éclairés par des torches, entoure notre voiture ; ils jettent un œil avide sur nous, et semblent craindre, par leurs gestes et leurs regards curieux, de laisser échapper

leur proie : saisi d'effroi, je doute encore de
mon réveil, quand deux d'entr'eux, l'épée
nue à la main, se précipitent sur les bran-
cards. Oh! j'avoue qu'alors je crus toucher à
ma dernière heure; je fis un mouvement pour
implorer la clémence de mes assassins, mais
les forces me manquant, je retombai sur M. Lelong. Son sommeil, qui avoit résisté à tous les
cahots de la voiture, ne put tenir contre le
choc que je lui donnai. Ah! bon Dieu! me
dit-il, en quel état vous vois-je ! qu'avez-vous?
où vous sentez-vous mal? — Ces hommes, ces
épées, ces torches... — Quoi, c'est là vraiment
le sujet de votre effroi! Ici, mon docte mentor,
quoiqu'il souffrît très-impatiemment d'avoir
été réveillé, ne put se contenir, et partit très-
incivilement d'un grand éclat de rire ; il m'apprit que nous étions à la barrière, et que les
commis faisoient leur devoir. J'avoue que son
rire immodéré m'avoit fortement mortifié ;
mais que ma poltronerie me mortifiant encore
davantage, je n'eus garde de me fâcher, me
promettant bien de conserver désormais dans
toutes les occasions de ma vie, même les plus
périlleuses, un caractère ferme et une saine
raison.

Les commis, cependant, continuoient leur

office, et ne me causoient plus aucune frayeur;
quand un de ceux qui étoient montés sur l'impériale se mit à crier au meurtre, à l'assassin !
Nouvelle stupeur... Tous les commis accourent
aux cris de leur malheureux confrère... Le
commandant du poste, éveillé par le bruit, vient
avec sa troupe; pour augmenter le tumulte,
vingt voitures arrivant à la file, font entendre
les voix d'autant de cochers grossiers qui
demandent le passage. O bon Dieu! quel bruit !
quel chaos! l'un crie, l'autre jure, la tête m'en
tournoit; qu'allions-nous devenir ! comment
nous tirer de toute cette bagarre ! O mon père !
quel changement peu d'heures ont apporté
à ma situation ! hier, sans soucis, sans chagrins, enfant chéri de ma famille, je suis cette
nuit le jouet des adversités ! Le cocher, mon
précepteur et moi, nous nous regardions avec
des yeux ébahis ; nous semblions nous interroger mutuellement, pour savoir quel étoit le
coupable ; la garde et les commis ne cessoient
de demander au patient le motif de ses cris, et
celui-ci , pour toute réponse , poussoit des
hurlemens affreux. Qu'on se figure cette situation ! elle étoit vraiment digne d'être saisie par
un habile pinceau.

Tel étoit notre état, quand notre cocher,

funeste effet de l'étourderie ! se ressouvint...
qu'une de ses pratiques l'avoit chargé d'un
panier de belles écrévisses ; il monte sur l'impériale , et tire du panier de malheur , le bras
du pauvre patient, auquel se tenoient fortement attachées une douzaine de ces bêtes noires.
Vous jugez si les huées et les ris se firent
entendre. Nous reprîmes enfin notre route ,
laissant la multitude berner le curieux commis,
et priant Dieu de toute notre âme, d'arriver à
la ville sans nouvelle encombre.

CHAPITRE V.

Arrivée à Paris.

Maintenant, bien éveillé, vous pouvez
croire que la conversation ne fut pas languis-
sante; nos aventures y fournissoient une assez
ample matière. En homme sage, M. Lelong
saisit cette occasion pour me donner quelques
leçons de morale et de philosophie : pour moi,
écolier docile, honteux de mon peu de courage,
je l'écoutois en silence.

Après avoir roulé encore fort long-temps,
nous arrêtons enfin dans une grande place

appelée, suivant les différentes époques, place
Louis XV, de la Concorde, ou de la Révolution;
mon précepteur m'assura qu'elle étoit fort
belle; je n'eus pas de peine à le croire, d'autant
mieux que la nuit étant déjà bien noire, et
notre cocher ayant eu le soin de nous arrêter
juste au milieu, il m'étoit impossible d'en
distinguer les limites; de quelque côté que
je tournasse les yeux, je ne voyois qu'une longue
file de lumières qui me jetoient dans l'étonnement et renversoient toutes mes idées. Plus
je jugeai de l'étendue de cette place, plus je
trouvai maussade de débarquer ainsi : j'en fis
mes représentations le plus civilement qu'il me
fut possible; mais de quelque manière que
je m'y prisse, je ne pus obtenir que nous et
notre sac de nuit ne descendrions pas dans le
ruisseau; notre conducteur, homme dur et
sans éducation, ne fut point attendri par mes
plaintes, nous disant, pour toute réponse, qu'il
lui étoit défendu de passer outre.

Au moins, mon ami, dites-moi, je vous prie,
sommes-nous bien loin de l'île S.-Louis. De l'île
St.-Louis! Oh! non, Monsieur; deux petites
lieues encore, et vous y êtes. Disant cela, le bar-
bare rit de notre embarras, frappe son cheval
maudit, et nous abandonne. Toutes mes ré-
solutions

solutions, soutenues des beaux et doctes raisonnemens de mon mentor, ne purent me garantir
d'un instant de foiblesse ; les larmes me vinrent aux yeux , et je me repentis encore une
fois de ma légèreté. Un fiacre arrive enfin ,
à ma grande douleur succède un rayon d'espérance , chaque pas des chevaux me fait tres-
saillir ; déjà , plein de reconnoissance pour leur
manant conducteur , je le regarde comme
mon libérateur. Il semble même deviner notre
embarras , il s'arrête , et nous demande où
nous voulons être conduits. Dans l'île Saint-
Louis, lui répondis-je. Aussitôt, comme si, à ce
terrible nom d'île Saint-Louis , le démon se
fût emparé de toute sa personne , il part au
galop , nous laissant dans le plus vif étonnement. Un second vint à passer , nous l'ap-
pelons , il descend de son siége , nous
aide à monter , avec notre petit bagage ,
relève le marche - pied , et la tête hum-
blement penchée entre la portière entr'ouverte , nous demande où nous allons. Dans
l'île Saint-Louis , fut encore ma réponse. Mais
il faut qu'il y ait quelque sort jeté sur ceux
qui ont le malheur d'entendre prononcer le
nom fatal de cette province du territoire français ; car lorsqu'il frappa l'oreille du précédent

B

cocher, on le vit s'enfuir au plus vîte; celui-
ci, par un effet tout contraire, à peine
l'eut-il ouï, que fort tranquillement et sans
rien dire, il tourne le dos, oubliant les voyageurs, les chevaux et la voiture. Je crus que,
dans ce pays, les bêtes et les hommes étoient
ensorcelés. Nous sommes, à neuf heures du
soir, au milieu de la place Louis XV, ex-
posés aux injures de l'air, et sans savoir
de quel côté tourner nos pas. Enfin, après avoir
vainement attendu pendant une grosse demi-
heure, la bise, qui souffloit, nous fit
prendre notre parti; il fallut nous résoudre à
chercher notre route, et à nous acheminer tristement *vers cette* île *tant désirée.*

CHAPITRE VI.

Incomparable aventure du Port aux blés.

FATIGUÉS de tous les obstacles qui sembloient naître sous nos pas, et profondément
ensevelis dans nos réflexions, nous marchions
en silence, et à quelques pas l'un de l'autre;
je suivois mon précepteur, qui avoit eu la
complaisance de se charger de notre petit sac

de nuit, me comparant, non pas sans quelque raison, aux fameux voyageurs dont j'avois lu l'histoire; comme eux j'affrontois mille dangers, et la neige, et les vents, et la crotte que je savois endurer, me donnoient une haute idée de mon courage.

Je n'étois plus cet homme pusillanime, que des commis de barrière avoient fait trembler. J'étois un voyageur ardent, intrépide, que nulle souffrance, nul péril ne pouvoient désormais arrêter. Insensé ! que j'étois loin de prévoir tous les dangers que j'aurois encore à courir ! Le plus vif désir de l'homme est de lire dans l'avenir ; mais pourroit-il exister un seul instant, si le livre des destinées lui étoit ouvert ? Toutes ces réflexions morales et philosophiques ne sont pas, je crois, trop indignes d'un héros de voyage.

En bon logicien, M. Lelong conçut que, pour trouver l'île Saint-Louis, nous devions suivre la rivière. Nous marchons donc le long du quai, où, malgré l'heure indue, le peuple semble se porter en foule sur notre passage. Mais bientôt les curieux paroissant nous quitter au Pont-Neuf, nous gagnons le quai de Gêvres, et nous distinguons les lumières de la Grève. Depuis plus d'une demi-heure, je m'é-

tois rapproché de M. Lelong qui, résigné ainsi
que moi aux décrets de la Providence, sembloit
oublier la pluie et le mauvais temps pour faire
briller son savoir sur les antiquités ; et bien que
la nuit nous empêchât de rien distinguer,
chaque pas n'en ouvroit pas moins une nouvelle
carrière à son érudition. Comme il se mêloit
aussi de politique, et qu'il lisoit tous les jours
les papiers-nouvelles, il me raconta qu'il avoit
vu la veille, à l'article de Paris, qu'un habitant des grandes mers, nommé *Marsouin*,
d'une grosseur et d'une force prodigieuse, étoit
remonté jusqu'à la capitale ; que cet animal,
dont l'aspect étoit effroyable, étoit mis au
nombre des poissons les plus méchans et les plus
voraces ; que sa tête ressemblant à celle d'un
sanglier, étoit armée d'une mâchoire avec laquelle on l'avoit vu souvent couper un homme
en deux. Mais nous arrivons à la Grève.

Cette place, vous pensez bien, rappela au
souvenir de mon précepteur mille anecdotes cu-
rieuses. L'ancienne demeure du prévôt des
marchands, l'habitation actuelle du préfet du
département, les exécutions des grands scélé-
rats, les inondations fréquentes étoient autant
de matières sur lesquelles il ne tarissoit point ;
il paroissoit connoître surtout l'histoire de ces

dernières. Il me dit qu'en 1740, la Seine
étoit tellement sortie de son lit, qu'on mon-
toit à l'hôtel-de-ville en bateaux. Hélas ! pourquoi n'ai-je pas alors été frappé de cette citation
savante ? elle eût dû sans doute nous sauver
du plus grand danger que voyageurs intrépides
aient jamais courus. Mais l'homme est aveugle;
les avertissemens du Ciel, car certainement le
souvenir de M. Lelong en étoit un, ne sauroient lui ouvrir les yeux. Lecteur compatissant! femme sensible ! armez-vous de courage
pour entendre le récit de nos malheurs; si ma
poltronerie vous a fait rire, je vous le par-
donne, car ils vous coûteront assez cher, ces
ris, par les larmes que vous allez répandre.

Nous marchions donc ainsi tous les deux
dans une parfaite sécurité, et charmant l'en-
nui de notre route pédestre par une conversation suivie, quand

> Un effroyable cri, sorti du sein des eaux,
> Des airs en ce moment a troublé le repos.

Effrayé, je m'arrête, j'écoute... J'appelle M. Lelong ; hélas ! je n'en puis plus douter, c'est
la voix de mon mentor ! Je veux faire un
pas, je veux le secourir ; mais déjà mes jambes
sont saisies par l'eau glaciale du mois de jan-

vier, ma tête s'égare, mes esprits m'aban-
donnent; je cherche à faire un mouvement,
le pied me manque, je tombe dans la vase.
Je ne puis me rappeler sans frissonner le terrible moment où la nymphe de la Seine entra
dans ma culotte : bon dieu ! qu'elle étoit froide !
D'un autre côté, M. Lelong me remplissoit de
terreur; il poussoit des hurlemens affreux; ce
n'étoit plus ce sage, ce précepteur ferme et
courageux dans l'adversité, c'étoit un furieux.
Tel Hercule, consumé par la robe empoison-
née que lui avoit envoyée sa cruelle maîtresse, terrible, parcourt, en gémissant, les
montagnes, et les remplit de ses cris; tel M. Lelong, excité par l'eau qui déjà lui gagne les
épaules, s'agite, bat l'onde de ses mains, et
fait retentir de ses plaintes les échos voisins.

Quand, le jour, nos yeux ont été frappés
de quelque vue extraordinaire, notre imagination semble se plaire à nous en retracer l'i-
mage dans les ombres de la nuit; l'obscurité
même prend des formes, s'anime, se colore
de tout le prestige de la réalité. Les habitans
de ces parages, éveillés par les cris de l'infortuné M. Lelong, accourent en foule; l'eau,
battue avec force, ne leur laisse plus douter de la présence de ce terrible marsouin

qui les avoit tant occupés la veille. Aussitôt, pleins d'allégresse, ils courent aux armes.

Homme lâche et pusillanime, fais maintenant parade de ta bravoure ! dis-moi, que devint ton courage au nom de marsouin ? tu tremblois, tu te croyois sous la dent de cet animal vorace. Toute la docte dissertation de M. Lelong sur cet habitant des mers, me le représentoit sous mille formes affreuses. La peur augmente les sons et grossit les objets, chaque mouvement de la tête de mon précepteur me faisoit trembler, chaque plainte qu'il laissoit entendre, me glaçoit d'effroi.

Mais déjà des torches allumées de toute part embrasent l'air ; à la nuit la plus profonde succède la plus vive clarté : hélas ! nous vîmes alors notre situation. M. Lelong, qui connoissoit si bien toute l'histoire des inondations, auroit dû en prévoir au moins cette dernière partie ; mais, par un manque de prévoyance bien condamnable, en descendant les marches du trotoir de la Grève, il se trouva sur le port aux blés, que le fleuve débordé remplissoit de ses eaux. Mais il ne sera peut-être pas déplacé de vous tracer une esquisse du tableau qui excita les ris de la foule qui couvroit le rivage.

Pour moi, j'ouvrois la scène, assis, couvert

de boue, et sans proférer une parole ; paroissoit ensuite M. Lelong, à genoux, l'onde lui caressoit doucement la poitrine ; il avoit la tête nue et chauve, ses mains tristement tendues vers le courant, sembloient montrer aux spectateurs étonnés, sa perruque et son chapeau surnageant au milieu des flots ; dans le lointain enfin, paroissoit s'éloigner majestueusement le sac de nuit à fleurs !...

Tous les habitans curieux rient de leur méprise, leur rire étoit mortifiant ; néanmoins, je suis forcé d'avouer que la figure de mon précepteur étoit si plaisante, que bien que certainement je ne fusse pas dans un moment de gaîté, il s'en fallut peu que je ne me misse à rire aussi.

Enfin, l'on se mit en devoir de nous secourir ; mon mentor, plus mort que vif, fut amené à terre, où il reprit l'usage de ses sens. Nous commencions à revenir de notre frayeur, nous pensions à fendre la foule importune pour nous retirer. Mais nous ne touchions pas encore au terme de tous nos chagrins, il falloit que je fusse le témoin d'une scène dont ce pauvre M. Lelong devoit être encore un des principaux acteurs. Nous nous préparions donc à continuer notre route, quand deux matelots, qui depuis quelques minutes sembloient se quereller avec assez de chaleur, s'approchent de mon précepteur, et le tirant chacun par un bras, semblent vouloir s'en disputer la conquête : chacun d'eux prétendoit avoir mon pauvre mentor. — C'est moi qui l'ai repêché. — Tu en as menti, étoient entre ces deux discoureurs, les mouvemens oratoires les plus fréquens ; enfin ils en vinrent aux mains ; pendant qu'ils s'alongeoient de vigoureuses gourmades, à la faveur de la nuit et du tumulte, nous nous esquivâmes.

CHAPITRE VII.

Description d'un naufrage. Arrivée chez ma tante.

O MON cher lecteur ! si quelquefois tu t'es trouvé dans une position semblable à la nôtre ; si tu as été honni par un peuple méchant et grossier, conçois la joie que nous ressentîmes, quand nous fûmes à l'abri des huées. Honteux et crottés, nous suivîmes, sans nous communiquer nos réflexions, la rue de la Mortellerie, que l'eau n'inondoit point encore ; nous arrivâmes au Pont-Marie; enfin, nous sommes dans l'île Saint-Louis.

Nous touchons donc à cette terre après laquelle nous courons depuis si long-temps; mais si nous sommes au terme de nos malheurs, au moins ne sommes-nous pas à celui de notre embarras. Toutes nos aventures malencontreuses nous avoient tellement retardés, que dix heures sonnoient lorsque nous prenions un bain au port de la Grève; et à dix heures du soir, à une heure aussi indue, comment nous présenter chez ma tante!

Car tout dort, et ma tante, et les vents, et Neptune.

et il n'est pas plus d'usage, je crois, dans l'île Saint-Louis qu'à Versailles, de faire réveiller les gens, pour leur rendre visite. A notre accoutrement d'ailleurs, ma tante pourrat-elle reconnoître un neveu qu'elle n'a jamais vu, suivi de son précepteur? elle nous prendroit bien plutôt pour des exilés de la cour du dieu des mers, que pour des parens en voyage. Nos habits et mes cheveux dégouttans d'eau et de fange, la tête chauve et limoneuse de M. Lelong étoient peu capables de donner une haute idée des illustres voyageurs.

Malgré la peine et les travaux que j'avois eu

à supporter, la vivacité de mon imagination
n'étoit point affoiblie ; tout en grelotant, je
goûtois un véritable plaisir, en entrant dans
cette île désirée. Je croyois entrer dans un pays
enchanté : la tête pleine de ces idées fabuleuses,
j'aborde sur cette terre promise ; à peine y
suis-je, qu'un son mélodieux, paroissant sortir de dessous terre, se fait entendre : en vain
j'en veux pénétrer la cause, je n'en vois d'autre, sinon qu'Apollon a sans doute été aussi
l'architecte de l'île Saint-Louis. Cette idée me
parut heureuse, et j'avoue même que je serois
encore dans cette opinion, si je n'eusse appris,
depuis, que les grosses eaux, ayant surpris les
cuisines souterraines de tous les habitans, causoient, en heurtant ensemble les casseroles et
les chaudrons, une aussi agréable musique.

Il faut enfin nous présenter chez ma tante ;
mais, nouvel embarras ! nous ne connoissons
point sa demeure. M. Lelong avoit eu la pré-
caution de la demander à mon père ; mais, au
lieu de la confier à sa mémoire, il l'avoit con-
fiée à son porte-feuille, et le porte-feuille a
suivi le sort du malheureux sac de nuit. Que
de peines ! que d'embarras ! Si nous rencon-
trions encore un insulaire ! mais personne,
pas un être vivant. Oh ! le triste abri que celui

du ciel au mois de janvier. Nous commencions
à pousser de gros soupirs, quand le tocsin se
fit entendre : au même instant, mille fanaux
embrasent l'air ; au plus profond silence succède un bruit épouvantable ; la mer est couverte de matelots. Etonnés, nous ne concevons
rien encore au bouleversement général, lorsque nous voyons s'avancer au milieu des eaux
un vaisseau que, sans doute, n'avoit pu sauver l'ancre de miséricorde. Ce bâtiment tout
neuf étoit au moins de cent vingt tonneaux :
c'est alors que je fus témoin d'un spectacle qu'on
ne peut retracer sans frémir ; c'étoit une belle
horreur. Malgré tous les secours qu'on apporte
au malheureux bâtiment, le courant rapide
l'entraîne. Les ancres, les câbles, rien ne ré-
siste ; les matelots effrayés n'ont que le temps
de se précipiter dans la chaloupe, le bâtiment
touche une arche du pont, il n'est déjà plus,
il est englouti ; la foudre n'a pas un effet plus
prompt. Je ne pus voir sans effroi ces énormes
charpentes, que toute l'adresse, toute la force
humaine avoient eu peine à assembler, en une
minute déchirées, réduites en éclats. O homme !
quelle est ta foiblesse ! Je ne sais si Dieu per-
mit que la majeure partie de l'équipage se
sauvât ; mais à peine le bâtiment se fut-il ou-

vert, que la mer se teignit d'un rouge épouvantable !.... Hommes insensés, vous exposez
votre vie, vous la confiez au plus perfide des
élémens pour acquérir un vil métal ! vous, qui
êtes dévorés de la honteuse soif de l'or, que ne
pouvez-vous entendre M. Lelong ! qu'il sauroit
bien vous persuader qu'une paisible médio-
crité est préférable aux grandeurs et aux ri-
chesses.

Cet accident, heureusement peu fréquent,
avoit attiré une foule de monde ; les habitans,
éveillés par la cloche de funeste présage,
étoient en hâte sortis de leur demeure ; il nous
fut facile de nous informer de celle de ma
tante. Le portier, attiré par la curiosité, se
préparoit à refermer les portes ; je me présente à ce nouveau Saint-Pierre, le priant de
nous introduire chez ma respectable parente.
— Bon ! ces Messieurs s'amusent-ils ? à cette
heure, venir demander Madame ! —Mais, mon
ami... — Mon ami, il n'y a pas de mon ami
à neuf heures, je ne siffle plus. — Mon
ami, vous ne sifflerez pas. — Ne pas siffler !
apprenez que vous seriez les premiers qui
seriez entrés chez nous, sans avoir été sif-
flés —Mais je m'appelle P....; je suis le neveu de ma tante. A peine lui eus-je décliné

mon nom , qu'aussitôt les portes nous furent
ouvertes ; il me pria de lui pardonner de ne
m'avoir pas reconnu d'abord , mais qu'il ne
m'avoit jamais vu ; que très-souvent ma tante
parloit de moi, qu'elle seroit très-aise de me
voir , qu'elle étoit couchée, mais qu'il alloit
réveiller sa cuisinière , Babet , qui feroit de
son mieux pour nous recevoir , et remplir ainsi
les intentions de sa maîtresse.

Sans attendre notre réponse , il court à la
chambre de Babet ; cette bonne fille qui avoit
beaucoup vu mon père autrefois , car elle étoit
au service de ma tante depuis quarante ans ,
excitée par le désir de voir son fils , retrouve
son ancienne vivacité ; elle descend au plus
vîte , me tendant les bras pour m'embrasser.
Le portier ne lui avoit parlé que de moi seul.
La première figure qu'elle rencontre , est celle
de M. Lelong , couvert de boue et sans perruque ; effrayée , elle recule trois pas , et reste
immobile. Je m'amusai un instant de sa
surprise ; mais ayant grand besoin de repos ,
je terminai cette scène vraiment plaisante.
Je lui dis que la tête qu'elle n'avoit
pu se décider à embrasser pour la mienne ,
étoit celle de M. Lelong , mon précepteur ;
que si elle nous voyoit l'un et l'autre dans un

si mauvais équipage, nous ne devions en ac-
cuser que notre mauvais sort, qui nous avoit
rendus le jouet des plus tristes aventures; je
finis mon discours en la priant de vouloir bien
nous donner à souper, lui promettant, pendant
le repas, de lui faire un récit fidèle de tous nos
maux.

Cette bonne Babet, ravie de me voir, ne
cessoit de me prodiguer les noms les plus tendres. Après avoir été chercher un bonnet de
nuit pour M. Lelong, dans la crainte que sa
tête, habituée à porter perruque, ne s'enrhu-
mât; elle nous fit à souper ; après le repas,
elle nous conduisit dans notre appartement,
m'aida à me déshabiller, m'embrassa et sortit.

M. Lelong, dont le premier soin avoit été
d'ouvrir toutes les armoires de ma tante,
eut le bonheur de rencontrer un bréviaire ; ce
soir-là, il le récita deux fois, pour remercier
Dieu de l'aide qu'il nous avoit prêtée pour sortir victorieux de tous nos travaux. Pour moi,
charmé de me trouver encore en vie, j'en adres-
sois bien sincèrement mes actions de grâces au
Seigneur, et je m'endormis.

~~~~~~~~~~~~~~~~~~~~~~~~~~~~~~~~

CHAPITRE VIII.

La Toilette. Les Apprêts du Déjeûner.

APRÈS huit jours de veilles et une journée
de fatigue, il est facile de croire que notre
sommeil fût profond. Mais il étoit écrit, sans
doute, que pour me punir de ma folie, je
serois contrarié jusqu'au moment où je rentre-
rois chez mon père. Je devois me soumettre
sans murmure aux ordres du destin ; mais ce
pauvre M. Lelong, qu'avoit-il fait ? de quel
crime étoit-il puni ? hélas ! il n'étoit coupable
que de trop de complaisance. Nous avions à
peine reposé quelques heures, que des oies,
charmantes élèves de ma tante, satisfaites de
voir naître le jour, le saluèrent de leur chant.
Maudits animaux ! prenoient-ils la maison de
ma tante pour le Capitole , mon précepteur
et moi pour les Gaulois ?

Aussitôt que nous fûmes réveillés, je pensai
à m'habiller pour aller rendre mes devoirs à
la maîtresse du logis ; mais si une nuit de tranquillité m'avoit déjà fait perdre le souvenir
de toutes mes peines, mes habits gâtés me le
<div align="right">rappelèrent</div>

rappelèrent d'une manière bien vive : comment, d'ailleurs, présenter M. Lelong sans perruque ? étoit-il décent qu'il parût en bonnet de coton ? quel parti prendre !...

La bonne Babet avoit heureusement prévu tout notre embarras. A peine ma tante, pour qui le jour commençoit avec le ramage de ses coqs, fut-elle levée, que Babet courut l'instruire des nouveaux hôtes qui étoient venus la veille demander à coucher, n'oubliant pas, surtout, de lui peindre en termes touchans, nos malheureuses catastrophes. Ma tante, aussitôt, car cette pauvre femme étoit la bonté même, pensa à réparer nos pertes. Autrefois, elle avoit été mariée : pleine de respect pour la mémoire du défunt, elle avoit conservé avec soin tout ce qui lui avoit appartenu ; elle crut, dans cette circonstance, ne pouvoir en faire un plus digne usage, que d'en couvrir la nudité de son petit-neveu. Babet nous apporta donc à M. Lelong et à moi, un habit complet; plus une perruque pour mon mentor. Quel trait de générosité ! jamais je ne m'étois vu si beau. Paris est le centre du bon goût ; j'avois un habit caca dauphin avec des boutons d'or depuis le haut jusqu'en bas, une veste verte et une culotte rouge. La seule chose

C

qui me choquoit étoit la fente de ma culotte ;
je ne trouvois point du tout agréable cette ouver-
ture verticale qui remplaçoit ce que l'on appelle
vulgairement le pont ; mais enfin, quand on
est lancé dans le monde, il faut bien suivre
le torrent, et donner quelque chose à l'usage
et à la mode. M. Lelong n'étoit pas moins
richement habillé que moi ; il portoit un habit
jaune de petit velours, une veste mordorée, et
une culotte amarante. A peine en pouvions-
nous croire nos yeux, nous semblions nous
demander mutuellement si nous étions bien
nous-mêmes, si notre sommeil ne se prolongeoit
point encore. Enfin, nous convînmes que quelque grand que fût notre changement de fortune, nous ne dormions pas, et qu'il étoit
convenable d'aller sans plus différer rendre nos
devoirs.

Je ne dirai rien de notre entrevue : ce n'est
qu'une scène de famille qui ne sauroit inté-
resser mes lecteurs. Ma tante est une femme
de soixante-quinze ans, à peu près, respectable
par sa piété. Cette bonne dame, après m'avoir
témoigné toute la joie qu'elle avoit de me voir,
changea de conversation, et parla de choses
plus intéressantes, je veux dire du déjeûner.
Pour nous bien régaler, on dit à Babet de

faire du café , et Babet se mit à l'ouvrage.
Jamais souvenir n'étoit venu plus à propos ,
je commençois à sentir qu'il ne suffit pas
d'avoir de beaux habits pour être heureux.
J'avois faim , et mon estomac, qui ne recevoit
ordinairement que du pain bien sec le matin ,
se faisoit une fête d'avoir du café : du café ! déjeûner si rare pour moi , et que mon père ne
nous faisoit faire qu'une fois l'an , au jour de
sa fête. Enfin , il y avoit déjà plus d'une demi-
heure que Babet avoit reçu des ordres ; quelques minutes encore , et certainement nous
allions satisfaire notre appétit gourmand.

Nous vivons plus en espérance qu'en réalité :
quoique ce proverbe ne soit pas absolument
vrai , surtout quand il s'agit d'un bon repas ,
je le mettois à profit du mieux qu'il m'étoit
possible ; je déjeûnois enfin en espérance ,
quand ma tante regardant à sa montre : Ah !
Sainte Vierge , s'écria-t-elle , quoi ! déjà si
tard ! nous n'avons pas un instant à perdre ;
allons, mon neveu, votre chapeau. Je suis obligé
de l'avouer ; je crus de bien bonne foi , que
l'usage n'étoit point chez ma tante de déjeûner
dans sa chambre à coucher , qu'elle ne m'avoit
fait prendre mon chapeau , que par un excès
d'attention , et dans la crainte que je ne m'en-

rhumasse, que nous allions enfin passer dans
quelque salon, où, galamment, on nous of-
friroit un déjeûner complet. Mais quel fut mon
étonnement, quand je vis que ma tante ga-
gnoit l'escalier ! Oh ! pour cette fois, mon cœur
étoit bien gros. Ma tante s'étoit emparée du bras
de mon précepteur ; pour moi, je suivois derrière, sans oser faire aucune question, jetant
seulement de temps en temps quelques regards
d'adieu sur la cuisine, d'où s'exhaloit une odeur
de café, qui faisoit naître en mon cerveau
troublé mille pensées plus tristes les unes que
les autres. Je conviens que je n'étois pas encore bien philosophe, puisque je me chagrinois
comme un enfant ; mais que la philosophie est
impuissante, quand le philosophe n'a pas dé-
jeûné !

~~~~~~~~~~~~~~~~~~

CHAPITRE IX.

La Messe. Rencontre édifiante.

L'ÉTAT le plus fatiguant est celui de l'incerti-
tude ; je n'y restai pas long-temps : car ma
tante, se retournant vers moi, me dit qu'elle
avoit coutume de commencer la journée en
entendant une basse messe ; mais qu'aujour-

d'hui , pour nous prouver combien elle étoit
satisfaite de nous posséder , elle alloit avec
nous en remercier le Seigneur, en assistant à
une messe en musique. J'avois toujours été
élevé dans des sentimens fort pieux ; néanmoins
une grand'messe avant déjeûner me paroissoit
de difficile digestion. Il n'en fallut pas moins
remercier ma tante , et paroître sensible à l'at-
tachement qu'elle me portoit.

Nous entrons enfin dans l'église métropoli-
taine de l'île Saint-Louis. Ma tante , femme
distinguée et faisant beaucoup de bien au
clergé , étoit considérée ; du plus loin que le
suisse nous aperçut , il frappa la terre de sa
hallebarde , nous fit faire place , et nous conduisit , au milieu d'une haie de fidèles ébahis ,
à la chapelle de M. le curé , dont ma tante
avoit une clef. Vanité , perfide ennemie de nos
âmes, c'est toi qui nous perds ! comme une sy-
rène , tu nous persuades , et tu fais entendre
ta voix jusqu'au milieu du sanctuaire. Hélas !
faut-il faire un aveu sincère de ma foiblesse !
Mon cœur, loin d'être recueilli , se plaisoit
dans le trouble même qu'il occasionnoit ; je
voyois avec un secret plaisir tous les yeux
tournés vers moi ; je sentois que j'en imposois
au vulgaire par le luxe de mes habits , et j'é-

tois satisfait. Mais aussi , quelle assurance
dans ma démarche ! O mes habits ! quel degré
d'importance vous me donnâtes à mes propres
yeux !

Qu'il est consolant , dans ses vieux jours ,
d'être l'objet de la vénération de ses conci-
toyens ! Qu'il est consolant de voir ses proches
décorés de charges et d'emplois , récompenses
ordinaires de la vertu ! Ma tante avoit un
parent marguillier ; elle ne manqua pas de me
le faire apercevoir , il figuroit dans l'œuvre. Il
n'y a qu'un instant, ma vanité avoit été satisfaite ; ici, si elle ne fut pas humiliée , je sentis
au moins qu'elle avoit été déplacée. D'où avoit
pu naître un si grand contentement de moi-
même ? Insensé que j'étois ! Ce parent de ma
tante a-t-il un air moins imposant que moi ?
Sa perruque poudrée à blanc , que son chapeau n'a point encore gâtée ; sa bourse et son
épée demandent - elles moins les regards du
vulgaire ? Mais , ainsi que moi , son mérite est-
il ici borné ? Il est revêtu d'un emploi distingué ;
il sait tout ce qu'il vaut , mais au moins peut-
on lui pardonner d'avoir bonne opinion de lui-
même , puisqu'il est utile à la patrie.

Je ne saurois vous donner une plus haute
idée du zèle de ces bons insulaires , qu'en vous

disant quelques mots sur une reconnoissance que je fis au milieu d'eux. S'il est satisfaisant pour la religion de voir un grand nombre de fidèles remplir ses temples, il n'est pas moins glorieux pour elle de remarquer au milieu de l'illustre clergé, chargé de publier ses louanges, des hommes nourris dans les camps, et recommandables par leur courage. Pendant l'office, promenant mes regards curieux sur toute l'église, j'avois été frappé d'une ressemblance parfaite entre mon ancien maître d'armes, M. Fleuret, et le porte-croix. Quoique j'eusse perdu de vue M. Fleuret depuis fort long-temps, je ne m'attendois cependant pas à le rencontrer sous un autre ciel ; il me tardoit de satisfaire ma curiosité ; j'attendis la fin de l'office. Au sortir de l'église, je le vis dépouillé de tous ses ornemens, je courus à sa rencontre. Dès qu'il m'eut aperçu, il vint à moi pour m'embrasser. Après nous être témoigné notre étonnement mutuel de nous retrouver ainsi loin de notre pays natal, il me fit part des motifs qui l'avoient engagé à quitter Versailles, me dit qu'il étoit d'âge à penser à son salut, et qu'il ne croyoit pas pouvoir mieux l'opérer qu'en se rendant utile à l'église, soit qu'il portât la croix, soit qu'il chantât au lutrin. De mon côté, je lui fis, en peu de mots, le récit de nos aventures, et après nous être de nouveau cordialement embrassés, nous nous souhaitâmes l'un à l'autre bonheur et prospérité.

~~~~~~~~~~~~~~~~~~~

CHAPITRE X.

La Chaise à porteur. Le Dîner.

En rentrant de la messe, je vis sous la porte cochère, la chaise à porteur, préparée pour faire nos visites; car ma tante m'avoit déjà prévenu qu'elle vouloit me présenter chez quelques dames de ses amies. Aussitôt après le déjeûner, nous partîmes; je n'avois jamais vu de semblables voitures, j'avois bien lu que l'empereur de la Chine avoit des palanquins à peu près de même forme, pour se promener dans ses palais, mais je ne pensois pas que ce luxe oriental se fût répandu jusque dans l'île Saint-Louis : je goûtois à peine le plaisir de me sentir doucement porté, qu'une pluie épouvantable obligea nos porteurs à chercher refuge sous l'auvent d'un marchand, dont la boutique fait l'encoignure des rues Saint-Louis et des Deux-Ponts... Sous quel astre suis-je donc sorti de

Versailles ! quand cesserai - je d'être le jouet de sa maligne influence ! Mon précepteur, pour m'avoir suivi dans mon extravagant voyage, prit un bain au Port aux blés, et ma tante, pour m'avoir mené faire des visites avec elle, faillit se noyer dans son vis-à-vis!... Nos porteurs étoient à couvert depuis un instant, j'avois baissé une glace pour voir tomber la pluie, quand un d'eux glisse, tombe et nous entraîne dans sa chute : je ne m'amuserai pas à compter les bosses et les contusions également distribuées entre la tante et le neveu, c'est la partie la moins fâcheuse de notre histoire ; mais par un malheur inconcevable, la glace ouverte se trouve directement sous une gouttière, qui, ramassant l'eau de tous les toits des maisons voisines, la vomit en torrent. En un instant notre chaise est remplie ; nous périssions, si, en me débattant, perdu dans les paniers de ma tante, je n'avois rompu l'autre glace et donné ainsi un libre cours au fluide élément. Je ne vous peindrai pas l'état dans lequel nous étions en sortant de notre boîte, il étoit trop risible ; je dirai seulement que l'honnête marchand fut assez compatissant pour nous faire entrer chez lui, jusqu'à ce que l'on eût été nous chercher une brouette de louage, pour retourner

au logis, où, après nous être nétoyés et séchés,
nous réparâmes, non sans peine, notre toilette.

Nous passâmes le reste de la matinée à
converser : ma tante étoit instruite et parloit
d'une manière agréable. J'avoue que je ne re-
trouvai point en elle le portrait qu'on s'étoit
plu souvent à me faire des femmes de Paris;
on me les avoit peintes folles, étourdies, ne
sachant que médire ou parler modes; ma tante,
au contraire, se contentoit de faire l'éloge de
l'élégance par ses ajustemens. Ses barbes de
dentelles et son caraco langueté, annonçoient
suffisamment une femme du bon ton : sa conversation, quoiqu'enjouée, présentoit quelque
sujet intéressant, et toujours en amusant,
offroit des leçons utiles : les voyages, surtout,
car elle avoit voyagé, ouvroient une vaste
carrière à sa mémoire; elle avoit, du vivant de
son défunt mari, visité la Normandie; elle se
plaisoit à faire part de ses observations, elle
nommoit souvent Caudebec et Bolbec; j'ai su
par elle que le sang étoit beau dans le pays de
Caux, et que l'eau étoit rare dans toute la
Normandie.

Deux heures sonnent : c'étoit l'instant du
dîner. Ma tante nous avertit, qu'ayant voulu
rassembler les personnes les plus distinguées

de l'île, elle avoit été obligée d'en retarder un peu l'heure habituelle.

Aussitôt deux vigoureux coups de sifflet annoncent M. le confesseur : c'étoit un gros et grand homme, d'une belle et large prestance, s'annonçant avec cet air de douceur et de soumission si naturel aux ecclésiastiques, et dont ils ne sont redevables sans doute qu'à l'éducation soignée qu'ils reçoivent. Du plus loin qu'il fut aperçu, ma tante courut à sa rencontre, lui fit de tendres reproches de ce qu'il étoit un peu en retard, ayant néanmoins grand soin de l'excuser elle-même sur les devoirs de son état. Interrogé sur sa santé, il nous apprit que la nuit précédente avoit été fort orageuse, que sa gouvernante l'avoit changé trois fois de chemise, et qu'il attribuoit son dérangement de santé à une médecine qu'il avoit prise la surveille, et qui l'avoit très-fatigué. Notre intéressante conversation fut interrompue par l'arrivée des autres convives.

Aussitôt que les deux personnes qu'on attendoit encore, le parent le marguillier et le poète de l'île Saint-Louis, furent arrivées, on servit. Il étoit difficile, je crois, de voir une plus aimable réunion : en admirant ma tante faire seule les honneurs du festin, je me figurois la belle Ninon entourée de toute sa cour; certainement il n'y régnoit pas plus de grâce et plus d'enjoûment. Le poëte étoit plein d'esprit; il avoit quelque chose de lent dans le parler, qui ne contrastoit pas mal avec la vivacité de son génie. Aux festins des rois et des dieux, chaque service est marqué par un concert harmonieux ; chez ma tante, chaque changement d'assiette étoit suivi d'un madrigal du favori des muses. Le plus enjoué de la société étoit bien certainement le parent le marguillier : grave, sérieux dans les grandes affaires de la fabrique, à table il retrouve toute sa gaîté, et sait toujours finement adresser quelques galanteries à ma tante.

Voulant passer pour un homme qui connoît le monde, je n'avois garde, vous pouvez croire, de montrer aucun étonnement. Mais ici je dois avouer sincèrement que je ne pouvois me lasser d'admirer le luxe et la magnificence avec laquelle le festin étoit ordonné.

J'avois assisté, dans ma patrie, à bien des dîners priés; mais jamais je ne m'étois trouvé à un repas aussi splendide. Il ne m'appartient pas de régler la dépense de ma tante; néanmoins, je ne puis dissimuler qu'une profusion aussi excessive est digne de blâme. Ah ! autre-

fois, autrefois que le luxe n'étoit point à beaucoup près ce qu'il est aujourd'hui, nos parens
en étoient-ils moins heureux !

A peine le potage fut-il enlevé, que la table,
déjà garnie de galans hors-d'œuvres, fut
ornée d'un morceau de bœuf, entouré d'une
verdure de persil, d'un bout, d'un civet de
lièvre, et de l'autre, d'une douzaine d'alouettes
au gratin. Ce premier festin mérita les applau-
dissemens de tous les convives, et moi-même,
par mon appétit, j'en fis un éloge assez élo-
quent. Mais c'est au second service que les
assistans témoignèrent leur joie, ou plutôt
leur étonnement. Le derrière du lièvre, artis-
tement piqué, paroissoit au milieu ; une tourte
à la frangipane et un plat d'œufs au lait ac-
compagnoient ce superbe rôti. A la vue de ces
sucreries, tous les yeux se tournèrent vers le
confesseur, qui paroissoit confus de l'hommage
qu'on sembloit lui faire.

Enfin, on servit le dessert. Pour se former
quelqu'idée du coup-d'œil, il faut avoir vu de
semblables dîners d'apparat. Il règne dans le
service un ensemble, une harmonie véritable-
ment admirable. Je comptai, je crois, sept as-
siettes de dessert, et toutes sept symétriquement
ordonnées : on apporta d'abord un joli morceau

de fromage qui, dépouillé de cette peau noire et sale, étoit recouvert d'une élégante chapelure ; aux deux côtés étoient des pommes cuites et des confitures, le sucrier et des cuillères remplissoient deux coins ; les deux autres étoient garnis d'une bouteille de cassis et d'une assiette de petits verres.

Le dîner fini, ma tante ayant levé le siége, chacun quitta la table. Je ne vous rapporterai point les différens sujets de conversation qui nous occupèrent ; pour vous, ils auroient peut-être trop peu d'intérêt ; pour moi, je n'en perdis pas un seul mot, persuadé que c'est dans ces assemblées, où l'esprit libre et sans contrainte s'abandonne à toute sa gaîté, que l'œil du sage peut pénétrer le génie d'un peuple.

CHAPITRE XI.

La Société.

MAIS déjà la société s'assemble, les lumières répétées par les glaces, fatiguent la vue de leur éclat. Deux chandelles sont placées sur la cheminée, chaque table de jeu est encore éclairée par deux bougies.

Je voudrois qu'il me fût possible de vous tracer, en peu de mots, le portrait de la société, mais je craindrois d'être trop long. Chaque personnage, ayant son caractère particulier, mériteroit une esquisse séparée, et de cette réunion de caractères différens, résulte ce tableau toujours nouveau pour l'observateur. Au milieu du trouble, j'admirai la présence d'esprit de ma tante : partout, en même temps, elle paroissoit se multiplier, pour faire les honneurs de chez elle. J'avoue que, jusqu'alors, je n'avois pas eu une idée parfaite de l'étendue des devoirs d'une maîtresse de maison ; quelle force d'imagination ! quelle étendue de vues ! quelle combinaison d'idées pour arranger toutes les parties d'un salon ! Il faut étudier les caractères, il faut deviner les petites animosités.

J'étois enseveli dans ces réflexions, quand deux voitures arrêtées à la porte, fixent l'attention de toute la société ; on annonce : paroissent cinq ou six dames, pompeusement parées. Ah ! mon dieu ! dit l'une d'elles à ma tante, nous venons bien tard, mais c'est la faute de nos maudits cochers, qui ne sont jamais prêts à l'heure dite. Des dames à équipage ! quelle société ! Curieux, je me hâte d'interroger le parent de ma tante, auprès de qui je me trouvois alors.

Paris, me répondit-il, est un pays d'autant plus aimable, qu'on y jouit de toutes les commodités de la vie à beaucoup moins de frais que partout ailleurs. Ces dames n'ont point de voitures ; mais quand elles sortent de leur quartier, le Marais, elles se réunissent six pour prendre un fiacre, ce qui leur devient très-peu coûteux. Les voyant si bien disposé, je me hasardai à lui faire quelques nouvelles questions. Quelle est, lui dis-je, cette grosse dame coiffée avec un petit chapeau en bergère, la gorge découverte, et qui paroît avoir toujours quelque chose de nouveau à raconter ? — Cette dame se nomme madame B... Malheur à vous si elle vous aperçoit ! car augurant bien de votre politesse, elle vous fera des complimens, jusqu'à ce que vous vous déterminiez à lui rendre la pareille. L'homme que vous voyez coiffé en aile de pigeon, est son mari. Soit qu'il sente tout le ridicule de sa femme, soit qu'il se plaise à l'écouter, toutes les fois qu'il est avec elle, il s'abstient de parler ; mais la communauté n'y perd rien, elle s'en acquitte pour le ménage.

Ce gros Monsieur, que vous voyez debout,
l'air

l'air recueilli, les yeux baissés, est un riche
propriétaire ; c'est un saint aux yeux de son
église, il est plein de bonne volonté pour le
clergé. Nous ne devons pas scruter l'intention
des hommes ; il fit vendre, il y a quelque temps,
les meubles d'un malheureux père de famille,
pour une dette de deux cents livres que cet
infortuné ne pouvoit acquitter, et en fit sans
doute présent à sa paroisse, pensant qu'une
pareille offrande devoit être agréable à Dieu.

Nous en étions là, quand un nouveau sifflet
annonçant une visite, l'arrangement des parties est aussitôt suspendu. Madame de C... ne
se soucie pas du piquet ; madame D... trouve
le reversi trop piquant ; peut-être un nouveau
prosélyte finira-t-il l'impatience des joueurs,
et l'embarras de ma tante. On annonce, chacun
se lève ; la maîtresse s'avance, tenant entre
ses mains toute la famille d'un jeu de cartes,
en présente une à la nouvelle venue, qui s'ex-
cuse et demande la permission de ne faire que
la seconde partie.

M. le marguillier, se penchant vers mon
oreille, me dit : Cette dame demeure aussi
dans le Marais, c'est une bonne femme, mais
elle commence à radoter ; elle s'approche de
ces dames, écoutons par curiosité, car elle va

D

nécessairement, ou les quereller, ou les amuser
de bien longues histoires. Elle commença effec-
tivement par leur faire de vifs reproches sur ce
qu'elles ne l'avoient point avertie, et étoient parties sans elle, ajoutant qu'elles ne savoient point à
quoi elles l'avoient exposée...; qu'une femme
honnête ne pouvoit plus se hasarder dans les
rues au soleil couché ; qu'un jeune homme enfin, de ces merveilleux du jour, après l'avoir
suivie quelque temps par derrière, et lui avoir
adressé mille propos doucereux sur sa jambe et
sur sa taille, ayant doublé le pas pour la voir
de plus près, s'étoit sauvé en criant : Ah !
qu'elle est laide! Que les jeunes gens d'autrefois étoient différens de ceux d'aujourd'hui !

Quelqu'un lui demanda des nouvelles de son
ancienne amie, madame D.E...— Monsieur, je
n'en sais point. — Quoi! Madame, vous seriez
brouillée?—Oui, Monsieur, brouillée, et très-
brouillée. — Quel nouveau sujet de querelle
s'est donc élevé entre vous ?—Oh ! Monsieur,
c'est une femme insupportable, avec laquelle
on ne peut pas vivre ; vous savez, enfin, combien peu j'aime à dire. Eh bien ! Monsieur,
je n'y tiens pas, il faudroit être sainte pour
rester avec elle ; enfin, ma chère amie, con-
tinua-t-elle en s'adressant à ma tante, tu sais

combien j'avois fait de sacrifices pour mettre un terme à nos premières brouilleries, la paix étoit faite entre nous J'avois pris, je crois, le parti le plus sage; tu connois d'ailleurs notre appartement, tu sais qu'une porte servant de communication à nos deux chambres, fermée des deux côtés par des verroux, ne s'ouvre que de notre consentement mutuel, et que l'une ne peut jouir du passage, qu'elle ne l'ait préalablement demandé à l'autre à travers la porte. Eh bien! mon enfant, tout cela n'a pas empêché que cette femme a trouvé le moyen de me faire mille mauvaises querelles : enfin, pourrois-tu croire, qu'il y a une quinzaine, moi qui la connois depuis vingt-cinq ans, je me trouvai incommodée! cela peut arriver tous les jours; j'avois des coliques horribles, je lui crie à travers la porte : Voisine, je me trouve mal! Je tire mon verrou : après bien des peines, elle se décide enfin à en faire autant du sien ; elle vient chez moi, je la prie instamment de vouloir bien, pour calmer ma douleur, me prêter sa seringue. Eh bien! ma chère, elle a eu la dureté de me la refuser; croyez-vous, Madame, m'a-t-elle dit, qu'une seringue soit un meuble qui se prête? En disant cela, elle se sauva chez elle, sans plus s'embarrasser de

D 2

moi, et ferma le verrou; enfin, ma chère amie, il y a des noirceurs affreuses de la part de cette femme. Mais pour en revenir au sujet de notre brouille, tu vas juger qui de nous deux a raison. Hier, Madame donne un thé, elle ouvre sa porte, je me rends chez elle à six heures; à sept, la collation n'étoit pas encore servie. Quoiqu'il ne soit pas honnête de faire veiller son monde aussi tard, je ne me permis aucune observation. Enfin on sert, Madame offre de la tarte; j'ai la vue très-basse, je lui demande si c'est de la pomme ou de la frangipane. — Madame, je n'en sais rien. — Avec ce ton-là, Madame, puisqu'il en est ainsi, je n'en prendrai point. — Sans daigner me répondre, elle passe à la personne qui étoit à côté de moi : — Monsieur, voulez-vous de la tarte en pomme? — Comment, Madame, vous saviez donc bien que c'étoit de la tarte en pomme? — Madame, vous deviez le voir. Je te demande un peu, ma chère amie, ce que tu penses de cela; aussi je promets bien de ne pas remettre les pieds chez cette femme de ma vie; j'ai fait condamner mon verrou.

La société, cependant, s'augmentant, il fallut songer à occuper cette foule d'oisifs. On fit apporter une table ronde, qu'éclaira encore un flambeau à trois branches , dont deux étoient garnies de bougies. Cinq personnes se rangent autour de la table , et le jeu s'engage : j'avois bien entendu parler de ce jeu à Versailles, mais jamais je n'y avois assisté ; il étoit généralement proscrit comme trop cher , et convenant plus à des joueurs de profession , qu'à des personnes raisonnables. J'avoue que je fus effrayé de la légèreté , de la gaîté même avec laquelle chacun y perdoit son argent ; je vis des femmes perdre plus en un seul coup de cartes, que nous n'avions dépensé pendant tout notre voyage ; chaque joueur en entrant devoit déposer quinze sous , un seul coup souvent pouvoit le décaver, de sorte qu'il étoit possible de perdre quatre , cinq ou six fois sa mise. Quelle folie ! de chaque table s'échappoient de temps en temps quelques paroles aigres, dictées par une fortune ennemie. L'un se plaint d'un roi coupé , l'autre d'une misère perdue.

Neuf heures sonnent enfin , la société s'écoule , tout rentre dans l'ordre pour huit jours, les tables brossées se rangent à leur place accoutumée , les bougies s'éteignent ; le feu qui avoit embrasé l'âtre , se ralentit ; les bûches même prennent une autre direction , elles brûlent par le bout ; il faut enfin qu'une sage

économie répare un faste dévastateur. Quand
l'ordre fut rétabli, on servit le souper ; il étoit
plus de dix heures quand nous nous mîmes au lit.

~~~~~~~~~~~~~~~~~~~~

CHAPITRE XII.

Promenade dans l'Ile. Retour à Versailles.

Le marguillier nous avoit proposé de nous
faire faire, avant notre départ, une promenade dans l'île ; j'avois accepté sa proposition
avec empressement. Le lendemain, à huit
heures, il eut la complaisance de venir nous
prendre. Nos habits étoient secs et nétoyés,
nous rendîmes à ma tante les nippes de mon
oncle ; et comme nous en avions eu grand
soin, on nous promit bien de nous les prêter
de nouveau à notre prochain voyage. Lorsque
nous nous préparions à sortir, je vis Babet,
la tête couverte d'une serviette, pendante jusqu'à la ceinture. Cette pauvre Babet, je sentis
que je l'aimois pour tous les bons soins qu'elle
avoit bien voulu nous prodiguer ; je crus qu'elle
étoit blessée, et j'en témoignai mon chagrin.
M. le marguillier me rassura, me disant que
la serviette que Babet avoit sur sa tête, lui

servoit de voile ; que, faisant partie de la con-
frérie de la Vierge, elle alloit faire ses prières
avec ses compagnes : il me proposa d'y assis-
ter, j'y consentis volontiers. Nous suivîmes
Babet jusqu'à la cathédrale : quel spectacle !
qu'il est ravissant ! qu'il élève l'âme et la porte
vers son Créateur ! Soixante filles, à genoux,
vêtues de blanc, le visage voilé, adressant
leurs vœux au Seigneur ! Qu'un enfant, qui
n'a d'autre volonté que celle de ses parens, se
consacre au service divin, sa résignation reli-
gieuse merite l'admiration : mais que des filles
raisonnables, maîtresses de leurs actions ; que
Babet, par exemple, qui touchoit à son dixième
lustre, offre à Dieu sa virginité, c'est le triom-
phe de la grâce. Que ces insipides moralistes,
honteux de leurs propres déréglemens, ces-
sent d'annoncer la décadence des mœurs ;
qu'ils quittent les lieux de débauche pour le
séjour de la paix, qu'ils viennent dans l'île
Saint-Louis ; ils y admireront des filles, pouvant compter jusqu'à trois majorités, se faire
honneur encore de leur état d'innocence.

A peine étions-nous sortis de l'église, que je
fus frappé d'une grande pancarte, écrite en vers
français. Notre conducteur nous dit qu'elle
servoit d'enseigne au meilleur instituteur de

l'île , homme éclairé et investi de la confiance du clergé. Quel pays , quel peuple, où tout porte avec soi le caractère du beau et du merveilleux ; où la poésie devient presque le langage du vulgaire ; où l'adresse même d'un maître d'école se trouve écrite dans une langue destinée à chanter les héros et les dieux ! Comme je crois que mes lecteurs ne me sauront pas mauvais gré de leur rapporter cette excellente pièce de vers, que M. Lelong, d'ailleurs, a admirée comme pleine de verve et de feu poétique, je la leur offre dans son entier.

A Messieurs les Insulaires.

Messieurs,

Habitant de votre île , où je me plais beaucoup ,
J'enseigne le latin , et à lire avec goût
(Partie essentielle et dont je me fais gloire).
J'enseigne également l'écriture et l'histoire ,
Le calcul et l'algèbre , et l'art de raisonner ;
Car instruire autrement , c'est vouloir s'abuser.
Je montre aussi la sphère , et la géographie ,
La quantité latine , un peu de prosodie :
Sur l'article important de la religion ,
J'insiste fortement ; car l'éducation
Ne peut être solide , et vraiment estimable
Sans la crainte de Dieu , qui la rend tout aimable ;

C'est là m on savoir faire , et mes enseignemens ;
Ma classe est grande et belle , envoyez vos enfans ;
Afin de m'attirer votre reconnoissance ,
Je mettrai tout en œuvre ; douceur , zèle et prudence.

Votre très-humble et dévoué serviteur ,

B..... (1)

Je ne ferai aucune observation sur ces vers,
je laisse au lecteur judicieux à en admirer les
beautés.

Nous fîmes ainsi le tour de l'île, sans rien
voir qui méritât absolument mon admiration.
L'homme paisible, retiré dans ses foyers, est
fatigué de sa tranquillité ; il méconnoît son
bonheur, il pense que ses peines et ses travaux ne sauroient payer la vue des curiosités
qui l'attendent sous un ciel étranger ; mais,
hélas ! il ne reconnoît sa folie que lorsqu'il
ne doit plus penser qu'à la réparer ; partout
il rencontre des hommes , partout il voit des
vices et des vertus. Cette île Saint - Louis ,
pour laquelle j'avois tout quitté , est peu dif-
férente de Versailles , mon pays natal : comme
à Versailles, j'y vis le luxe , joint à la mes-
quinerie ; la turpitude , à l'ostentation : je

_____

(1) Ces vers n'ont point été faits à plaisir.

m'aperçus avec peine que ce séjour , qui
m'avoit semblé devoir être celui de la paix et
de l'innocence , étoit aussi le jouet de la mé-
disance et des procès.... Pourroit-on croire,
enfin , que cette île , dont on peut faire le tour
en dix minutes , renferme dans son sein un
notaire , deux procureurs , deux huissiers ,
deux chirurgiens , deux médecins et un apo-
thicaire !

Plusieurs dames , m'avoit-on dit , avoient
équipage ; je n'avois pas encore été assez
heureux pour les rencontrer , mais enfin ma
curiosité fut satisfaite au moment où nous
allions rentrer chez ma tante. Le pavé tremble,
c'est la voiture de madame B.... Comme elle
n'alloit que le pas, j'eus tout le loisir de la con-
sidérer. Cette voiture , richement dorée , étoit
haute et très-étroite ; quatre piquans dorés
aux quatre coins de l'impériale servoient à en
rehausser l'éclat. Le cocher , dont la tête touchoit au balcon du premier étage , étoit majestueusement assis sur son siége de fer autrefois doré. C'est ainsi que cette dame prenoit
de temps en temps l'air dans sa voiture.

Pendant notre promenade , ma tante avoit
eu la bonté de penser à notre départ ; une
chaise , attelée d'un cheval , nous attendoit : il

fallut donc prendre congé de cette bonne tante. Il est facile de penser que notre séparation nous coûta à tous quelques larmes ; mais nous trouvâmes des motifs de consolation dans le voyage que nous promettions de faire l'année suivante. Le cocher fouette , et déjà je ne distingue plus la maison de ma tante.

Notre retour se fit heureusement : pendant que M. Lelong s'abandonnoit aux douceurs du sommeil , je me préparois autant qu'il m'étoit possible à classer mes idées , et donner le récit de mes aventures. Nous arrivâmes enfin dans la place d'armes de Versailles ; mes parens , mes amis , m'attendoient avec impatience ; à peine sont-ils informés de ma santé , qu'ils me pressent , qu'ils m'accablent de questions. Ne pouvant pleinement satisfaire en même temps leur curiosité, je me suis décidé à écrire, pour eux seuls , cette courte relation de mes voyages.

F I N.

TABLE DES CHAPITRES.

FIN DE LA TABLE.

B.05

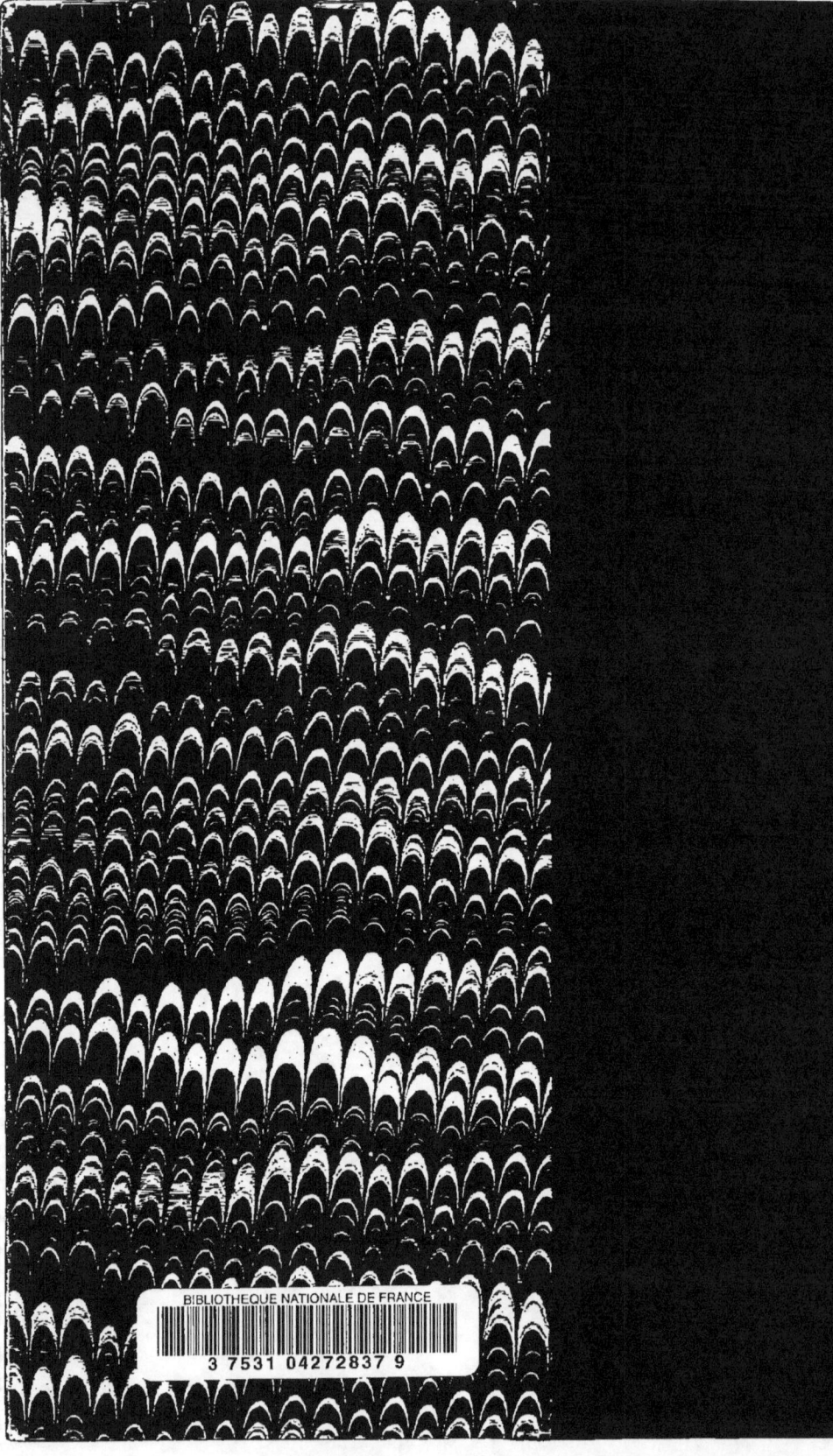

www.ingramcontent.com/pod-product-compliance
Lightning Source LLC
Chambersburg PA
CBHW060805180626
46818CB00002B/698